H. Köpert

Ueber Göthe's Triumph der Empfindsamkeit

Antigonos

H. Köpert

Ueber Göthe's Triumph der Empfindsamkeit

Unveränderter Nachdruck der Originalausgabe von 1871.

1. Auflage 2024 | ISBN: 978-3-38641-294-0

Antigonos Verlag ist ein Imprint der Outlook Verlagsgesellschaft mbH.

Verlag: Outlook Verlag GmbH, Zeilweg 44, 60439 Frankfurt, Deutschland info@outlook-verlag.de
Vertretungsberechtigt: E. Roepke, Zeilweg 44, 60439 Frankfurt, Deutschland
Druck: Libri Plureos GmbH, Friedensallee 273, 22763 Hamburg, Deutschland

Jahres-Bericht

über das

Königl. Gymnasium zu Eisleben

von Ostern 1870 bis dahin 1871.

Herausgegeben

von

Herm. Schwalbe,

Director des Gymnasiums und Professor.

Eisleben, 1871.
Gedruckt in der H. Reichardt'schen Buchdruckerei.

Ueber

Göthe's Triumph der Empfindsamkeit.

Beitrag zur Geschichte der komischen Literatur

von

Dr. H. Köpert.

S̄o verschieden auch die Urteile über den Kunstwerth dieser Dichtung Göthe's lauten mögen, welche von den einen für seine genialste Komödie, von den andern für eine entschieden langweilige Farce erklärt worden ist: darin werden alle Kenner der Sturm- und Drangperiode, in deren Mitte dieses Stück entstanden ist, übereinstimmen, dass dasselbe nicht nur für die innere Entwickelung des Dichters selbst, sondern auch jener merkwürdigen Zeit überhaupt einen höchst charakteristischen Beitrag liefert. Eine ganze Richtung jener unsere klassische Dichtung einleitenden Epoche wird uns hier im Hohlspiegel der Komik entgegengehalten, und zwar sind in diesem karrikirten Bilde die Eigenthümlichkeiten und Verirrungen derselben um so schärfer ausgeprägt, als sie der Dichter aus eigenster Erfahrung kennen gelernt und mit aller Gluth einer schwärmerischen Jugend in seinem eigenen Herzen durchgemacht hatte. Ist es doch der Dichter von „Werthers Leiden", jener wunderbar ergreifenden Herzenstragödie einer vom Willen sich emancipirenden Empfindung, welcher im Triumph der Empfindsamkeit, voll vom Gefühle der wiedergewonnenen eigenen Gesundheit, jene krankhaft sentimentale Stimmung in ihrer erhaben scheinenden Nichtigkeit verspottete. Zwar galt der Spott zunächst den in Selbsttäuschung und Unnatur hineingeratheneu Nachempfindlern der Wertherschen Gefühle, jenen süsslichen Sentimentalitätsnarren, bei denen der volle Brustton wahrer Empfindung, den wir am Originale bewundern, zum schwächlichen Geflöte eines sentimentalen Leierkastens herabgesunken war; aber Göthe besass genug Humor, seine eigene Production dem heiteren Strafgerichte, welches er über seine Nachahmer abhielt, mit zu unterwerfen. So haben wir denn im „Triumph der Empfindsamkeit" einerseits die Verspottung einer damals im Schwange gehenden Modethorheit, andrerseits eine „geniale Selbstverspottung", wie A. W. Schlegel das Stück nennt, zu erkennen.

Um die Berechtigung, ja die Nothwendigkeit einer solchen Opposition gegen eine damals sehr verbreitete Richtung des Empfindungslebens zu begreifen, müssen wir, bevor wir uns zur Betrachtung des Stückes selbst wenden, einen kurzen Blick auf die Entstehung und Entwicklung der Empfindsamkeit oder Sentimentalität innerhalb der Sturm- und Drangperiode werfen.

Schiller führt in seiner Abhandlung über naive und sentimentalische Dichtung die letztere auf die Sehnsucht nach der verlorenen Natur zurück und sagt, nachdem er grade Göthe's Werther erwähnt hat, unser Gefühl für Natur gleiche der Empfindung des Kranken für die Gesundheit. Das Wort „Natur" ist hier im weitesten Sinne zu fassen und begreift sowohl die volle Harmonie des Menschen mit der ihn umgebenden Schöpfung, als auch die durch künstlich geschaffene Verhältnisse nicht behinderte Entfaltung seiner leiblichen und geistigen Anlagen und Triebe. In letzterem Sinne ist der Begriff der Natur wesentlich identisch mit dem der Freiheit. Der geniale Jean Jaques Rousseau war es, der um die Mitte des 18. Jahrhunderts diese Rückkehr zur Natur als das wahre Heilmittel der faulen Zustände des Staates und der Gesellschaft, als neubelebendes Princip der Erziehung und des Unterrichts mit einem Erfolge angepriesen hatte, der ihn trotz seiner vielen Verkehrtheiten in Lehre *) und Leben mit dem Glorienscheine eines das Evangelium der Natur und Freiheit verkündigenden Apostels der Menschheit bekleidete. In der That hatte Rousseau die richtigen Stichwörter gefunden für die innersten Bedürfnisse des modernen Zeitgeistes, dem unter der Allongeperücke des *Siècle de Louis quatorze* die Simsonslocken mächtig gewachsen waren. Mit elementarer Riesenkraft erschütterte dieser neue Geist die alten Säulen des Staates, zunächst des französischen, der so lange falschen Götzen geopfert hatte, und warf das

---

*) So beginnt sein berühmtes Buch „Emil oder über die Erziehung" gleich mit dem Grundirrthum: „Alles ist gut, wie es aus den Händen des Urhebers aller Dinge hervorgeht; alles artet aus unter den Händen der Menschen."

stolze, aber innerlich morsche Gebäude des Ludovicischen Absolutismus über den Haufen. Nicht mit Unrecht daher hat man Rousseau den geistigen Vater der französischen Revolution genannt.

Aber nicht auf Frankreich allein beschränkte sich diese gewaltige Bewegung. Bevor sie dort zu einer gewaltsamen Eruption führte, hatte sie sich in England in leiseren Schwingungen angekündigt, trat sie in Deutschland als Revolution der Geister auf.

In England hatte die Freiheit des Individuums sich bereits einen hohen Grad von politischer und kirchlicher Anerkennung erkämpft. Die persönliche Freiheit war durch die *Habeascorpus*-Acte gesichert, der Denk- und Glaubensfreiheit in verschiedenen kirchlichen Sekten wenigstens ein gewisser Spielraum eingeräumt, ja schon durch Baco von Verulam (1561—1626) waren die Fesseln der Scholastik gebrochen und der freien Forschung die Bahn eröffnet worden. Wenn weiterhin die Philosophen John Locke (1632—1704) und David Hume (1711—1776) ihren Kriticismus dem menschlichen Erkenntnissvermögen zuwandten und die sogenannten „angeborenen Ideen" leugneten, so war damit der bisher für fest und ewig gehaltene Boden der früheren Welt- und Gottesanschauung tief erschüttert, ja der menschliche Geist gleichsam zur *tabula rasa* erklärt worden, auf der eine neue Welt des Gedankens zu entwerfen war. Ueber dieses negative Resultat ist der englische Kriticismus nicht hinausgekommen. Während derselbe in England selbst sich als rationalistischer Deismus fixirte, in Frankreich sich vollends zu einer materialistischen Philosophie des Unglaubens verflachte, blieb es der deutschen Philosophie vorbehalten, eine neue Vernunft- und Wissenschaftslehre aufzustellen. Jedenfalls aber war zunächst durch Auflösung der objectiven Ideenwelt dem Subjectivismus, dieser geistigen Grossmacht des achtzehnten Jahrhunderts, Thür und Thor geöffnet.

Die englische Poesie, deren Einfluss auf die deutsche immer bedeutender wurde, war der Philosophie in dieser Richtung gefolgt. Der Humor (die subjectivste Form des Komischen) einerseits und die in die tiefsten Tiefen des Herzens hinabsteigende empfindsame Dichtung andrerseits waren die poetischen Resultate jener subjectivistischen Bewegung, und zwar zeigt sich der gemeinsame Ursprung beider in einer gewissen Wahlverwandtschaft derselben. Schon bei Shakespeare finden wir jenen Humor, der, wie Jean Paul sagt, „die lachende Thräne im Wappen führt;" ich erinnere nur an Hamlet und den sentimentalen Narren im „König Lear". Der Humorist Lorenz St'erne (Yorik) wurde bewundertes Vorbild in diesem Genre, ja das Wort „Sentimentalität" stammt von ihm her.*) Vom Humor losgelöst brachte die Empfindsamkeit alsbald eine reiche Literatur hervor, „deren grosse Vorzüge", wie Göthe dieselbe kurz charakterisirt**), „ein ernster Trübsinn begleitete." Die Hauptvertreter dieser Richtung waren Young, Verfasser der „Nachtgedanken", Richardson, der Begründer des sentimentalen Familienromans, und Oliver Goldsmith, dessen „Landprediger von Wakefield" in alle europäischen Sprachen übersetzt worden ist. Gradezu eine canonische Autorität aber gewann der Macpherson'sche Ossian, in dessen damals für echt und unverfälscht gehaltenen Dichtungen die deutsche Dichterwelt die Ursprünglichkeit und den grossartigen Natursinn echter Volksdichtung zu entdecken meinte; was aber die herrschende Stimmung am meisten anzog, war der Geist erhabener Schwermuth, der, wie ein düsteres Nebelgewand, diese ossianische Heldenwelt umwallte. Auch Göthe schildert an der vorher citirten Stelle von „Wahrheit und Dichtung" den Einfluss, den Ossian ausübte, als höchst bedeutend. „Damit allem diesem Trübsinn", heisst es da, „nicht ein vollkommen passendes Local abgehe, so hatte uns Ossian bis an's letzte Thule gelockt, wo wir denn, auf grauer unendlicher Haide, unter vorstarrenden bemoosten Grabsteinen wandelnd, das durch einen schauerlichen Wind bewegte Gras um uns, und einen schwer bewölkten Himmel über uns erblickten. Bei Mondschein ward dann erst diese Caledonische Nacht zum Tage: untergegangene Helden, verblühte Mädchen umschwebten uns", u. s. w. Ja, aus einem Briefe von J. H. Voss an Brückner geht hervor, dass im Göttinger Hainbunde der Satz: „Der Schotte Ossian ist ein grösserer Dichter, als der Ionier Homer" fast für ein Axiom galt.

Damit sind wir denn bereits in jene Periode der deutschen Geistesentwickelung eingetreten, die unter dem Namen „Sturm- und Drangperiode" bekannt ist und von 1770, von Göthe's Strassburger Aufenthalt, bis auf dessen italienische Reise, 1786, gerechnet wird. Wie es die Eigenthümlichkeit des

---

*) Hamann übersetzte es recht treffend durch „Empfindseligkeit."
**) Göthe's Werke IV., S. 186, im 13. Buche von „Wahrheit und Dichtung." Ich citire nach der mir vorliegenden Stuttgarter Ausgabe in 6 Bänden.

deutschen Geistes ist, die geistigen Strömungen fremder Kulturvölker in sich aufzunehmen und von bewundernder Nachahmung ausgehend zu originalen Schöpfungen fortzuschreiten, so geschah es auch damals. Mit tiefer Begeisterung lauschte man dem Natur- und Freiheitsevangelium Rousseau's und suchte mit dessen Principien zunächst in der Literatur Ernst zu machen; ja, je weniger die politischen Zustände einer Durchführung derselben günstig waren, und je weniger man bei dem auf treuer Anhänglichkeit an das Alte und historisch Gewordene basirten tiefen Conservatismus des deutschen Gemüthes an eine freiheitliche Umwälzung Deutschlands im politischen Sinne dachte, mit desto grösserer Intensität gab man sich der Freiheit des Gedankens*) und der Empfindung hin. Erstere war bereits seit der Mitte des Jahrhunderts durch das kritische Genie Lessings, letztere durch Klopstock signalisirt worden. Aus den französisch zugestutzten Bosquets und regelrecht geschnittenen Hecken Gottschedischer „Dichtkunst“ hatte sich die deutsche Poesie in ihre uralte Heimath, den selbwachsenen, vom Sturme der Begeisterung durchbrausten Dichterwald hinübergerettet. Aus einer erlernbaren Kunst, aus einer „Belustigung des Verstandes und Witzes“ war durch Klopstock die Poesie zu einer Sache des Herzens, zu einer freien Ausströmung des Genius geworden. Ein Genie, oder wie man in tautologischer Ueberschwänglichkeit zu sagen beliebte, ein „Originalgenie“ musste fortan der Dichter sein, der auf diesen Ehrennamen Anspruch machen wollte. Diese Forderung der Ursprünglichkeit, welche schon Hamann in seinem orakelhaft symbolisirenden Gefühlspathos proclamirt hatte, indem er die Poesie als „Muttersprache des Menschengeschlechts“ bezeichnete, war von Herder in seinen Erstlingsschriften mit ebenso grosser Klarheit als Begeisterung wieder und wieder als das neue poetische Evangelium verkündet und durch Hinweisungen auf die Volkspoesie, die reinste, von fremdartigen Beimischungen noch nicht getrübte Quelle wahrer Dichtung, begründet worden. Welchen Einfluss Herder dadurch auf die deutsche Literatur, namentlich auf den jungen Göthe ausübte, ist bekannt.

---

*) Bedeutsam culminirt das Freiheitspathos des Marquis Posa in Schillers „Don Carlos“ dem König Philipp gegenüber in den Worten: „Geben Sie Gedankenfreiheit!“

Bevor aber jene geistige Revolution in Deutschland durchgekämpft und die klassische Dichtung aus ihr geboren ward, machte sich ein poetischer Sansculottismus geltend, der jede Regel, jedes Gesetz als lästige Beschränkung von sich warf. Die Autonomie des Genies wurde auf die wunderlichste, zum Theil abgeschmackteste Weise in Scene gesetzt. „Das Wort Genie ward allgemeine Losung. Es war aber noch lange hin bis zu der Zeit, wo ausgesprochen werden konnte, dass Genie diejenige Kraft im Menschen sei, welche durch Handeln und Thun Gesetz und Regel giebt. Damals manifestirte sich's nur, indem es die vorhandenen Gesetze überschritt, die eingeführten Regeln umwarf und sich für grenzenlos erklärte. Daher war es leicht genialisch zu sein, und nichts natürlicher, als dass der Missbrauch in Wort und That alle geregelten Menschen aufrief, sich einem solchen Unwesen zu widersetzen."*) Göthe selbst hat diese Art der Stürmer und Dränger, unter denen der unglückliche, in Wahnsinn untergegangene Lenz der bekannteste ist, in seinem Gedicht „der deutsche Parnass" trefflich charakterisirt und die kraftgenialische Roheit und Natürlichkeitsflegelei in der kleinen Posse Satyros, oder der vergötterte Waldteufel gegeisselt, während er selbst eine kleine Dosis davon in der genialen**) Farce Götter, Helden und Wieland dem Verfasser der modernisirten „Alceste" als drastisches Gegenmittel zu appliciren für gut fand. Das bedeutendste

---

*) Einen interessanten Beleg zu diesen Worten Göthe's im 19. Buch von „Wahrheit und Dichtung," IV. S. 241. giebt Lessing's drastische Aeusserung: „Wer mich ein Genie nennt, dem gebe ich ein paar Ohrfeigen, dass er denken soll, es wären vier!"

**) Ich halte sie auch jetzt noch dafür, wenngleich Ebeling in seiner „Geschichte der komischen Literatur in Deutschland" bei Besprechung meiner Monographie über das Stück, die ich 1864 im Eisleber Gymnasial-Programm veröffentlicht habe, S. 528 die Meinung ausspricht, der kritische Inhalt meiner Abhandlung habe „in manchen Stellen an der Unmöglichkeit des Beweises dort documentirter genialer Komik schlechterdings verunglücken müssen." Dagegen schliesst er sich dem Urtheile Nicolais an, der gegen die Göthe'sche Posse den Vorwurf der Plattheit (!) und Unanständigkeit erhob. Wer Nicolai kennt und wer Göthe kennt, wird wissen, auf wessen Seite er sich zu stellen hat.

Product dieser Richtung, in welcher die rohe Naturkraft über das Gesetz gestellt wird, sind Schiller's Räuber, jenes „prächtige Monstrum", gegen welches Göthe's Götz von Berlichingen, der doch auch der kraftgenialischen Sphäre angehört, noch ausserordentlich zahm und gemässigt erscheint.*)

Neben dieser titanenhaften Kraft, für welche freilich oft genug ein aufgedunsenes Pathos als Surrogat dienen musste, tritt als Gegensatz eine übermässige Weichheit der Empfindung hervor. Diese Sentimentalität aber und jenes Kraftpathos haben ihre gemeinsame Wurzel in dem Subjectivismus, der in Deutschland um so reichlichere Nahrung fand, als die objectiven Verhältnisse von Staat und Kirche dem Individuum keinen Spielraum zu freier Thätigkeit und kein inneres Genüge boten. Man wurde eben, wie Göthe bemerkt, „von aussen zu bedeutenden Handlungen keineswegs angeregt" und vertiefte sich dafür in die Welt des Innern. Das Gefühl der Passivität nach aussen hin, welches nach dem kurzen Aufschwunge des siebenjährigen Krieges über das deutsche Volk gekommen war, machte die Gemüther so überaus empfänglich für jenes individualistische Stillleben des Herzens, in welchem die Sentimentalität ihren geeignetsten Boden findet. Der ernste, überwiegend nach innen gekehrte Sinn des deutschen Volkes, welches Hölderlin, sehr richtig für die damalige Zeit, „thatenarm und gedankenvoll" nennt, die starke Beimischung von Melancholie, die dem deutschen Temperament zu Theil geworden, liess diese empfindsame Richtung sich gradezu zu einer krankhaft sentimentalen Stimmung steigern, die in Göthe's „Leiden des jungen Werther" ihren ästhetischen Ausdruck fand. Wie die englische Poesie, die an Stelle der durch Lessing vernichteten französischen Schein-Klassicität der deutschen Literatur als Leitstern diente (obgleich auch Rousseau's *Nouvelle Héloise* noch nach dieser Richtung hin Sensation machte), mit ihrem tiefernsten Grundcharakter damals einen bedeutenden Einfluss auf die jugendlichen Stimmführer der

---

*) Besonders charakteristisch für jene geistige Revolutionsepoche sind die Worte Karl Moor's in den Räubern, I. Akt, 2. Scene: „Das Gesetz hat zum Schneckengang verdorben, was Adlersflug geworden wäre. Das Gesetz hat noch keinen grossen Mann gebildet, aber die Freiheit brütet Kolosse und Extremitäten aus!"

Poesie ausübten, hat Göthe im 13. Buch von „Wahrheit und Dichtung" ausführlich dargelegt.*)

Aber auch in Deutschland selbst war, allerdings von Miltons erhabener Poesie angeregt, ein Dichtergenius aufgetreten, dessen gewaltige Autorität die sentimentale Dichtung mit begründet hatte. Durch Klopstock war, abgesehen von dem erhaben-sentimentalen Religionsenthusiasmus, aus dem die sogenannte „seraphische Dichtung" hervorging, vor allen Dingen die empfindsame Naturbetrachtung sowie die schwärmerische Ueberschwänglichkeit in der Liebe und der Freundschaft zu einer literarischen Macht erhoben worden und fand sofort ihre weiteren Culturstätten theils in dem um Gleim sich gruppirenden preussischen Dichterkreise, ganz besonders aber in dem zu Göttingen in den ersten siebziger Jahren existirenden Hainbunde.

Was zunächst den Gleim'schen Kreis betrifft, so hatte zwar Gleim selbst, durch die Thaten des grossen Friedrich aus seinem poetisirenden Stillleben aufgerüttelt, in seinen „Kriegsliedern eines preussischen Grenadiers" einen kräftigeren Ton angeschlagen; daneben aber herrschte zwischen ihm und seinen Freunden eine durchaus unmännliche Empfindsamkeitsmanie, eine gegenseitige Schönthuerei und Geziertheit, die mitunter gradezu einen lächerlichen Eindruck hervorbringt. „Selbstgefällige Koketterie mit Liebe und Freundschaft" sagt J. Hillebrand,**) „galt für Innigkeit und Gemüth, weichliche Empfindsamkeit, die ihre süsslichen Worte und Küsse in Liedern und hauptsächlich in Briefchen nach allen Seiten hin versendete, vertrat die Stelle der lebendigen Wahrheit und Natur." Der einzige wahre Mann in diesem Kreise war der edle E. Ch. v. Kleist, der, mit reichem Empfindungsleben begabt, sich von

---

*) Werke IV, S. 186 und 187. — Uebrigens motivirt Göthe diese ernste Gemüthsrichtung der Engländer zu einseitig durch ihre politischen Zustände; zwei andere Hauptfactoren dieser Erscheinung, nämlich die eigenthümliche Natur des Landes und den Charakter jenes germanischen Inselvolkes, ignorirt er gänzlich.

**) In seinem vortrefflichen Werke „die deutsche Nationalliteratur seit dem Anfange des achtzehnten Jahrhunderts, besonders seit Lessing, bis auf die Gegenwart." B. I., Seite 60.

den Einseitigkeiten seiner poetischen Genossen frei hielt und in seinem „Frühling" eine Reihe vortrefflicher Naturbilder schuf, deren elegischer Ton bei ihm, dessen Lebensbahn ja selbst elegisch war, volle Naturwahrheit und Berechtigung hatte. Diese Dichtung trug ihrerseits wieder bedeutend zu einer theils idyllischen, theils sentimentalen Naturschwärmerei bei; sie gehörte namentlich im Hainbunde zu den am andächtigsten verehrten Schriften und genoss auch noch späterhin nicht ohne eine gewisse Berechtigung ein fast klassisches Ansehen innerhalb der Naturpoesie; selbst Uhlands pedantischer Kritiker macht ihr noch sein allerdings sehr steifleinenes Compliment, wenn er im „Frühlingslied des Recensenten" sagt:

> Nicht verschmäh' ich's auszugehen,
> Kleistens Frühling in der Tasche.

Nach dieser Richtung hin fanden auch die in poetischer Prosa abgefassten Idyllen des Schweizers S. Gessner trotz ihrer poetischen Marklosigkeit, vorzugsweise durch ihre empfindsamen Naturschildereien, in denen die Kunst völlig zur Manier herabgesunken war, in Deutschland grossen Beifall, nachdem sie, bezeichnend genug, zuerst in Frankreich ungewöhnlichen Erfolg gehabt hatten; erinnerte doch ihr sentimentaler Molluskenstil so sehr an Fénélon und andere Meister dieser mit Gefühl und Tugend kokettirenden Schreibweise!

Der Göttingische Dichterbund oder Hainbund repräsentirte, während der rhein- und mainländische Dichterkreis, mit Göthe, Lenz und Klinger an der Spitze, der kraftgenialischen Richtung huldigte, ganz überwiegend die sentimentale Schwärmerei der Sturm- und Drangperiode. Daher wurde grade Klopstock*) der vergötterte Dichterheros jener ideal gestimmten Jünglinge, deren unter der „Bundeseiche" beschworenes Gelübde auf „Re-

---

*) Bekannt sind die Klopstockfeste des Hainbundes; weniger bekannt aber dürfte es sein, dass man auch ausserhalb desselben, selbst bis nach Mecklenburg hin, den Geburtstag des Dichters mit fast religiöser Weihe beging; ja, einem Conrector Biester in Bützow kostete eine solche von ihm arrangirte Feier, bei welcher unter andern einige junge Mädchen einen Altar umtanzen und mit Blumen bestreuen mussten, alles Ernstes sein Amt, weil man ihn im Verdacht des Heidenthums hatte! Also auch dieser „Cultus des Genius" hatte seine Märtyrer.

ligion, Tugend, Empfindung und reinen unschuldigen Witz" lautete. Das Leben und Treiben des Bundes ist oft dargestellt worden*) und in seinen Hauptzügen in jeder Literaturgeschichte zu finden. Wir erinnern hier nur an die Hauptglieder desselben, den biederen J o h. H e i n r. V o s s, den seine etwas hausbackene Natürlichkeit zur realistisch gefärbten, gleichsam holländernden Idyllendichtung führte; an die beiden Grafen S t o l b e r g, von denen der jüngere, Friedrich Leopold,**) das deutschthümelnde Freiheitspathos auf die Spitze trieb; an den frühverstorbenen liebenswürdigen Elegiker und Naturschwärmer H ö l t y und den sentimentalen J. M. M i l l e r, Verfasser des „Siegwart", einer als religiöses Seitenstück zum Werther geschriebenen Klostergeschichte, deren auf dem Grabe seiner geliebten Marianne hinsterbender Hauptheld fast noch grössere Thränenfluthen, als jener „vielbeweinte Schatten", hervorbrachte und der Abgott aller „schönen Seelen" wurde.***) Der Dichter B ü r g e r, offenbar der genialste dieses Kreises, der sich scherzhaft den „Kondor des Haines" nannte und von Altengleichen aus, wo er Amtmann war, mit den Jünglingen freundlich verkehrte, war doch innerlich über die Jugendschwärmerei derselben hinaus; namentlich theilte er, der eine bedeutende Wielandische Ader hatte, keinesweges ihre Klopstock-Begeisterung und huldigte, während jene in idealer Ueberschwänglichkeit von der „künftigen Geliebten" träumten und sangen, einer weit realeren Sinnlichkeit. Unter diesen Jünglingen war trotz eines gewissen burschenschaftlichen Pathos, in dessen Formen sich der Verein bewegte, doch die Empfindsamkeit das entschieden vorwaltende Element. Dass dabei auch viel g e m a c h t e Gefühlsschwärmerei mit unterlief, geht unter andern aus der Abschiedsscene hervor, mit welcher der Abgang der beiden Stolberge aus

---

*) Am ausführlichsten in dem für die Kenntniss jener ganzen Epoche höchst lehrreichen Buche von R. P r u t z: „Der Göttinger Dichterbund." Leipzig 1841.

**) Das Wort Lavaters über ihn: „Immer der innige Empfinder, nie der scharfe Ausdenker" kennzeichnet eigentlich die ganze Sturm- und Drangperiode.

***) In demselben Jahre, wie der Siegwart, (1776) erschien auch Millers „Beitrag zur Geschichte der Zärtlichkeit. Aus den Briefen zweier Liebenden", ein Buch, dessen Titel schon genugsam die empfindsame Sphäre andeutet, in der es sich bewegt.

Göttingen von den Bundesbrüdern gefeiert wurde. Die höchst charakteristische Schilderung derselben findet sich in einem Briefe von Voss an seine Braut Ernestine Boie, geschrieben am 18. September 1773. „Der 12. September", heisst es da, „wird mir noch oft Thränen kosten. Es war der Trennungstag von den Grafen Stolberg. Der ganze Nachmittag und der Abend waren noch so ziemlich heiter, bisweilen etwas stiller als gewöhnlich; einigen sah man geheime Thränen des Herzens an. Des jüngeren Grafen Gesicht war fürchterlich. Er wollte heiter sein, und jede Miene, jeder Ausdruck war Melancholie. Jeder wollte den Andern aufheitern und daraus entstand eine ·solche Mischung von Trauer und verstellter Freude, die dem Unsinn nahe kam. Jetzt wollten wir durch Gesang die Traurigkeit zerstreuen; wir wählten Miller's Abschiedslied. Hier war nun alle Verstellung, alles Zurückhalten vergebens; die Thränen strömten, und die Stimmen blieben nach und nach aus. Das Gespräch fing wieder an. Wir fragten zehnmal gefragte Dinge, schwuren uns ewige Freundschaft, umarmten uns. Jetzt schlug es 3 Uhr. Nun wollten wir den Schmerz nicht länger verhalten, wir suchten uns wehmüthiger zu machen und sangen von Neuem das Abschiedslied und sangen's mit Mühe zu Ende. Es ward ein lautes Weinen."*) In liebenswürdigerer Weise, als hier die zum Dogma fixirte Freundschaftsschwärmerei, tritt in der Schilderung eines von Hölty und Voss unternommenen Spazierganges, die wir ebenfalls einem Briefe des letzteren an seine Braut verdanken, die idyllische Naturschwärmerei der jugendlichen Dichter hervor. Voss schreibt: „Kleist's Andenken hab' ich auch diesen Frühling einen schönen Nachmittag gewidmet. Ich ging mit Hölty nach einem nahen Dorfe, Kleist's Frühling in der Tasche. Wir assen erst im Wirths-

---

*) Als Seitenstück mag eine Bewillkommnungsscene angeführt werden, die dem hannoverschen Leibarzt Zimmermann (dem Verf. des Buches „Ueber die Einsamkeit") zu Theil wurde, als er von Berlin, wo er sich von einem Bruchschaden hatte operiren lassen, nach Hannover zurückkehrte. „Mit tausend Freudenthränen", schreibt der Genannte im December 1771, „ward ich in Hannover von meinem Sohne und meinen Freunden und Freundinnen empfangen; die einen waren vor Freuden ganz sprachlos, andere wurden ohnmächtig, andere verfielen vollends in Convulsionen."

hause eine Schaale dicke Milch und wollten uns nun im Garten unter einen blühenden Baum hinlegen. Aber der Garten war nur klein und mit weisser Leinwand bedeckt." In dieser Verlegenheit erbitten die Freunde die Erlaubniss, im Pfarrgarten lesen zu dürfen, und nun heisst es weiter: „Wir setzten uns da in eine Laube, die aus Apfelbaum und Hollunder geflochten war, und Hölty las den Frühling vor, indess ich in einer nachlässigen Lage eine Pfeife Tobak rauchte. Rund um uns war Alles Frühling. Die Nachtigall sang, die Tauben girrten, die Hühner lockten, von ferne liess sich eine Schaar Knaben auf Weidenflöten hören, und die Aepfelblüthen regneten so auf uns herab, dass Hölty sie von dem Buche wegblasen musste. Wie wir fertig waren, lagerten wir uns noch eine Stunde unter einem blühenden Baume und beobachteten die kleinen Würmer, die im fetten Grase herumschwärmten. Hierauf bedankten wir uns, assen ein Butterbrod in der Schenke und gingen im Wehn der Abendkühle wieder nach Göttingen." Mag immerhin Prutz*) Recht haben, wenn er in dieser Scene eine wunderliche Mischung von Sentimentalität, Idylle und Philisterei erblickt: dennoch möchten wir unserer männlichen Jugend etwas von dieser heiteren Genügsamkeit, dieser unschuldig kindlichen Freude an der Natur wünschen.

Aber nicht nur im Bereiche der Poesie machte sich die empfindsame Richtung geltend, sondern auch in der religiösen Sphäre, ja selbst in die Philosophie ragte sie theilweise hinein. Einzelnheiten würden hier zu weit führen; ich erinnere in ersterer Beziehung nur an Lavater und Jung-Stilling, in letzterer an den Gefühlsphilosophen Friedrich Heinrich Jacobi.

Wie alle diese Erscheinungen aus dem Zeitgeiste hervorgegangen waren, so wirkten sie ihrerseits wieder auf die Zeitgenossen zurück und brachten die schon vorhandenen Keime zur vollen Entwickelung. Grade damals war der Einfluss der Literatur ein ganz immenser. Ueberall fanden die geistigen Führer der Nation offene Ohren und Herzen, ja man begrüsste ihre Hauptschöpfungen gradezu als bedeutende öffentliche Ereignisse. Das geistige Hauptinteresse des gebildeten Publikums und der sich dazu Rechnenden war durchaus auf die Literatur und das Theater gerichtet, welches damals mehr als je „die Welt bedeutete," und das innere Geistesleben, von öffentlichen Angelegenheiten wenig

---

*) A. a. O. Seite 248.

oder gar nicht in Anspruch genommen, äusserte sich gerade in Deutschland überwiegend in dem Cultus des Individuums mit seinen subjectiven, gewissermassen privaten Empfindungen.

Auf solchem Boden musste die in der Literatur so üppig wuchernde, selbst die Wodanseichen Klopstockischer Bardenpoesie umrankende Schlingpflanze der Empfindsamkeit reichliche Nahrung finden. Während das Kraftpathos der Stürmer und Dränger mehr angestaunt, als in's Leben eingeführt wurde, ward die bedeutend weniger Kraft und Geist erfordernde sentimentale Schwärmerei, zum Theil aus reinem Nachahmungstriebe, desto eifriger cultivirt, ja man glaubte dadurch der eigenen Persönlichkeit eine Bedeutung und Wichtigkeit zu geben, die sie durch ihr sonstiges Verhalten schwerlich hätte in Anspruch nehmen können. Durch eine zur Schau getragene Liebebedürftigkeit meinte man liebenswürdig, durch Naturschwärmerei poetisch, durch Schwermuth interessant zu werden. Es wimmelte damals von düsteren Hamletsnaturen, welche, wie Göthe mit feinem Sarkasmus bemerkt*), glaubten, eben so melancholisch sein zu dürfen, wie der Prinz von Dänemark, ob sie gleich keinen Geist gesehen und keinen königlichen Vater zu rächen hatten. Schwärmerei und Melancholie wurden Modesache, und das ganze Heer von Anempfindern und Anempfinderinnen, (wie Göthe diese nie aussterbende Art nennt) machten sie auf das gewissenhafteste mit. Indem man sich also häufig genug in Empfindungen hineinschwindelte. die nicht aus dem Herzen und der Erfahrung, sondern aus der Lectüre stammten, verlor man den Sinn für die einfache Wirklichkeit und wollte dafür womöglich die Luftgebilde einer erregten Phantasie verwirklichen.

Wie schon beiläufig erwähnt, wurde ganz besonders Göthe's Werther das Ideal der Empfindsamen, das man alles Ernstes zu kopiren suchte, und sollte es auch nur durch das sogar am Weimarischen Hofe zur sogenannten „tollen Zeit" übliche Wertherkostüm geschehen, welches bekanntlich in blauem Frack mit ledergelben Hosen und braunen Stulpen bestand. Göthe selbst äussert sich in „Wahrheit und Dichtung"**) über diese Werthermanie in folgenden Worten: „Ich fühlte mich, wie nach einer Generalbeichte, wieder froh und frei

---

*) Wahrheit und Dichtung, Buch 13, S. 186.
**) Buch 13, S. 188.

und zu einem neuen Leben berechtigt. Wie ich mich nun aber dadurch erleichtert und aufgeklärt fühlte, die Wirklichkeit in Poesie verwandelt zu haben, so verwirrten sich meine Freunde daran, indem sie glaubten, man müsse die Poesie in Wirklichkeit verwandeln, einen solchen Roman nachspielen und sich allenfalls selbst erschiessen; und was hier im Anfang unter Wenigen vorging, ereignete sich nachher im grossen Publikum, und dieses Büchlein, das mir so viel genutzt hatte, ward als höchst schädlich verworfen." Es waren in der That Fälle von Selbstmord vorgekommen, die man auf die Lectüre des Götheschen Romans zurückführen zu müssen glaubte. Jedenfalls war die Wirkung des Buches, wenn sie auch nur ausnahmsweise einen so traurig pathologischen Ausgang nahm, für viele Gemüther zunächst eine ziemlich unheilvolle, die krankhafte Sentimentalität entschieden begünstigende. Die Werthermanie steigerte sich zu einem förmlichen „Wertherfieber," wie man (nach einer humoristischen Erzählung von Göchhausen) diese psychologische Krankheitserscheinung zu bezeichnen pflegt.*) Nicht ganz ohne Berechtigung waren in dieser Beziehung die zahlreichen Gegenschriften, welche Werther hervorrief**), und es ist immerhin bemerkenswerth, dass der vielberufene „Zionswächter" Götze in Hamburg, der bekannte Gegner Lessings, und der ehemalige Freund desselben, der Berliner Buchhändler Fr. Nicolai, der sich immer mehr als ein Zionswächter des sogenannten „gesunden Menschenverstandes" und der „Aufklärung" gerirte, auf diesem Gebiete zusammentrafen. Wenn ersterer in seinen „Kurzen aber nothwendigen Erinnerungen über die Leiden des jungen Werthers" (Hamburg 1775) die „Charteque" als eine „Apologie des Selbstmordes" im eifernden Kapuzinertone rundweg verdammte, so glaubte Nicolai das, was Lessing für die schwachen Leser des „so warmen Productes" wünschte, nämlich „eine kleine kalte Schlussrede, ein Kapitelchen zum Schlusse, je cynischer je besser;" in seiner Weise in Ausführung bringen zu müssen und schrieb die „Freuden des jungen Werthers"

---

*) Interessante Einzelnheiten hierüber giebt Apell in dem Buche „Werther und seine Zeit," Leipz. 1855.

**) Ueber dieselben handelt Apell a. a. O. S. 96 — 162, und so weit sie der komischen Literatur angehören Ebeling „Geschichte der komischen Literatur in Deutschland" Leipz. 1862, Bd. I, S. 535—562.

(Berlin 1775), ein Büchlein, in welchem mit wenig Witz und viel Behagen „Hans" und „Martin" in volksthümlich sein sollendem Tone ihre Gedanken über den armen Werther austauschen und letzterer einer so gründlichen Kaltwasserkur des verständigsten gesunden Menschenverstandes unterzogen wird, dass ihm alle Poesie vergeht und er schliesslich als ein gesetzter ehrenfester Bürger nach dem Herzen Nicolai's aus dem kalten Bade herauskommt. Das war denn dem Dichter doch zu stark, so dass er sich veranlasst fühlte, gegen den Mann des „gesunden Menschenverstandes" eine kurze, aber derbe Replik loszulassen, die in der That ein grober Keil auf den groben Klotz war. Nicolai auf Werthers Grabe lautete die Ueberschrift des kleinen Spottgedichtes, das Göthe in „Wahrheit und Dichtung" für nicht wohl mittheilbar erklärt,*) das sich aber doch anderweitig erhalten hat und neuerdings mehrfach abgedruckt worden ist.**) Von einer andern, etwas milderen Humoreske, die verloren gegangen, giebt Göthe a. a. O. ein kurzes Fragment, welches mit den oft citirten Worten schliesst:

> „Was schiert mich der Berliner Bann,
> Geschmäcklerpfaffenwesen!
> Und wer mich nicht verstehen kann,
> Der lerne besser lesen!"

Wie hier gegen die Plattitüden des Verstandes richtete Göthe aber auch gegen die sentimentale Ueberschwänglichkeit, die anfangs in ihm einen Bundesgenossen erblickte, seine satirischen Angriffe, in denen er mitunter einer wahren Mephistopheleslaune die Zügel schiessen lässt. So hatte er bereits im Jahre 1774, kurz nachdem er den Werther geschrieben, das Fastnachtsspiel von Pater Brey, dem falschen Propheten gegen einen „zarten und weichen

---

*) Wahrheit und Dichtung, Buch 13, S. 189. Daselbst findet sich auch eine kurze, aber treffende Charakteristik Nicolai's und seines „aus roher Hausleinwand zugeschnittenen Machwerkes."

**) So zuerst von Boas in den Nachrichten zu Göthe's Werken S. 12, bei Apell a. a. O. S. 127, doch geben beide nicht ganz den authentischen Wortlaut. Ein diplomatisch genauer Abdruck des kleinen Pamphlets nebst ausführlicher Nachricht darüber findet sich bei Ebeling a. a. O. I., S. 537.

dieser Zunftgenossen", den Elsässer L e u c h s e n r i n g,*) veröffentlicht, welcher
mit seinem süsslichen frömmelnden Sentimentalitätsschwindel namentlich bei ideal
gestimmten Frauen reüssirte und unter andern selbst die geistvolle Braut Her-
ders, Caroline Flachsland, kurze Zeit zu captiviren gewusst hatte.

Während aber Leuchsenring und Consorten aus der herrschenden Empfind-
samkeitsmode für sich Capital zu schlagen suchten,**) gab es unzählige Gemüther, die sich mit einer gewissen ehrlichen Selbsttäuschung der Schwärmerei
in die Arme warfen und mit dem stillen Wahnsinn eines Don Quixote ihren
sublimen Idealen nachjagten. Da ihnen die Verwirklichung derselben natürlich
nicht gelingen wollte, so kamen sie aus einem ewig unbefriedigten Schmerzge-
fühle nicht heraus. Mit überspannten Forderungen, mit starkem Begehren und
wenig Willenskraft an die Wirklichkeit herantretend, fühlten sie sich überall
zurückgestossen, unverstanden, vereinsamt, so dass der Ausruf Heinse's***) nach
der Lectüre des Werther: „das Herz ist einem so voll davon und der ganze
Kopf ein Gefühl von Thräne" bei ihnen zur habituellen Grundstimmung wurde.

Gegen derartige kranke Gefühlsrichtungen wendet sich Göthe's T r i u m p h
d e r E m p f i n d s a m k e i t. Wenn der Dichter das Stück als „dramatische
Grille" bezeichnet, so deutet er schon hierdurch den phantastisch-humoristischen

---

*) Göthe charakterisirt ihn in Wahrheit und Dichtung, Buch 13. S. 178 und
179. Leuchsenring ging sogar damit um, einen „Orden der Empfindsamkeit" zu
gründen.

**) In einer für die Frankfurter gelehrten Anzeigen geschriebenen Recension
(1772), über die „Empfindsamen Reisen durch Deutschland von S.", eine der vielen
die herrschende Mode ausbeutenden Nachahmungen von Yorik's empfindsamer Reise,
fertigt der junge Göthe den Verfasser, den Magdeburger Präceptor Schummel, ganz
gehörig ab. „Er hat nie geliebt und nie gehasst, der gute Herr Präceptor! Und
wenn er eins von seinen Wesen soll handeln lassen, so greift er in die Tasche und
gaukelt uns aus seinem Sacke was vor." S. Göthe's Werke V. S. 453.

***) Wenigstens wird diesem ziemlich allgemein die im Decemberheft der
„Iris" von 1774 über Werther erschienene Recension, in der die angeführten Worte
vorkommen, zugeschrieben.

Charakter desselben an, und in der That ist der Schritt vom Erhabenen zum Lächerlichen nirgend kleiner, als in der sentimentalen Sphäre. Schon Freund Merck hatte den Dichter darauf hingewiesen, dass aus dem Streben, das sogenannte Poetische zu verwirklichen, nur „dummes Zeug" hervorgehe, und fast könnte man hierin den Grundgedanken unserer Dichtung finden, die uns eben allerlei aus solchem hyperidealistischen Streben hervorgehende Thorheiten vorführt. Wird doch der Hauptheld des Stückes, der sentimentale Prinz Oronaro, völlig von dem Bestreben beherrscht, eine poetische Welt um sich herum zu schaffen, und zwar, da die Wirklichkeit sie nicht hergeben will, auf künstliche Weise. Diese Surrogate der Natur, diese Walddecorationen mit nachgemachtem Mondschein, Quellengeriesel und Vogelgesang, stellt er über die wirkliche Natur, sowie er für die Puppe, welche ihm die Stelle der angebeteten Mandandane vertreten muss, schliesslich mehr schwärmt, als für die lebende Geliebte selbst. Diese Liebe zu der Pseudo-Mandandane, die mit empfindsamen Romanen ausgestopft ist, soll, wie Viehoff*) richtig bemerkt, veranschaulichen, dass die Gefühle der Empfindsamen in der Regel nur einem aus der Lektüre solcher Schriften geschöpften Hirngespinnste gelten.

Eine ausführlichere Darlegung des Inhaltes der Komödie wird das Gesagte weiter bestätigen.

Andrason, ein „humoristischer König", wie Göthe ihn gleich im Personenverzeichnisse charakterisirt, muss die seinen Humor einigermassen beeinträchtigende Bemerkung machen, dass der empfindsame Prinz Oronaro die Zuneigung seiner von melancholischer Schwärmerei befallenen Gattin Mandandane, mit der er bisher in zufriedener Ehe lebte, auf sich gelenkt hat. Zwar ist diese Liebe durchaus geistiger Natur und bewegt sich lediglich in den höheren Regionen zartester Platonik, aber dem guten Andrason ist es doch fatal, dass ein solcher sentimentaler Gimpel, der ihm gründlich verhasst ist, in Mandandanens Herz irgend welches Interesse zu erregen vermocht hat. In dieser Calamität sucht er Rath und Hilfe beim Orakel. Allein, mit einem tüchtigen Knotenstock in der Hand, hat er sich hinbegeben, und mit seiner Rückkehr beginnt unser Stück. Die Scene ist ein Lustschloss der Feria, der Schwester des Königs.

---

*) Göthe's Leben II., S. 316.

Erster Akt. Feria, eine heitere junge Wittwe, erwartet ihren Bruder im Kreise ihrer vier lustigen Hoffräulein Mana, Sora, Mela und Lato. Andrason tritt auch bald ein und berichtet in launiger Weise seine Erlebnisse beim Orakel, bringt auch auf einer Rolle den ihm zu Theil gewordenen räthselhaften Spruch desselben mit. Dieser lautet:

Wenn wird ein greiflich Gespenst von schönen Händen entgeistert,
Und der leinene Sack seine Geweide verleiht,
Wird die geflickte Braut mit dem Verliebten vereinet:
Dann kommt Ruhe und Glück, Fragender, über dein Haus.

Ueber die wunderlichen Ausdrücke der Prophezeiung macht sich der König lustig, z. B. sagt er mit Anspielung auf die erhabenen Unklarheiten der damaligen Klopstocksjünger: „Ein greiflich Gespenst, das ist etwas aus der neuen Poesie, die mir immer unbegreiflich gewesen ist. — Nicht wahr, ihr hört gar zu gern, was erhaben klingt, wenn ihr's gleich nicht versteht?" Weiter berichtet er, dass er noch dem ältesten Priester einige Edelsteine in den Schooss gelegt und ihn gebeten habe, dem Prinzen, wenn dieser ebenfalls hier erscheinen werde, zu gebieten, nie mehr einen Fuss über seine, des Königs, Schwelle zu setzen. — Nachdem Feria abgegangen, theilt Andrason den vier lustigen Mädchen mit, dass Oronaro auf seiner Orakelreise hier jedenfalls einsprechen werde. „Ich will", sagt er, „diejenige als eine Göttin verehren, die ihn an sich zieht und mich von ihm befreit;" dies aber könne nur durch ein Benehmen geschehen, welches mit dem ganzen Apparat der Empfindsamkeit ausgestattet sei: „Erstlich, immer den Leib vorwärts gebogen, als wenn ihr kein Mark in den Knochen hättet! Hernach immer eine Hand an der Stirn und eine am Herzen, als wenn's euch in Stücken springen wollte; mitunter tief Athem geholt, und so weiter. Die Schnupftücher nicht vergessen!" Indem er ihnen in schauspielhafter Weise diese Bewegungen vormacht und dann, die Rolle des Prinzen Oronaro übernehmend, in der angegebenen Weise von ihnen salutirt wird, entsteht eine höchst ergötzliche Scene, mit welcher der Akt schliesst.

Zweiter Akt. Merkulo, der Cavalier des Prinzen, kündet den beiden Hoffräulein Mana und Sora die nahe bevorstehende Ankunft des Prinzen an, welchen er mit feiner Ironie zu charakterisiren weiss. Merkulo ist ein heiterer Schalk, der realistisch gesinnte Begleiter jenes idealen Don Quixote, dessen empfindsame Narrheit er übrigens vollkommen durchschaut. Dieser ist nun aber einmal sein Herr und so preist er ihn denn, freilich mit hindurchblickender Ironie, als „den empfindsamsten Mann von allen Männern, der für die Schönheiten der Natur ein gefühlvolles Herz trägt, der Rang und Hoheit nicht so schätzt, als den zärtlichen Umgang mit der Natur." Da er aber leider von so empfindsamen Nerven sei, dass er sich vor der Luft und dem Temperaturwechsel sehr hüten müsse, überdem auch die wirkliche Natur mit grossen Unbequemlichkeiten, als Mücken, Ameisen und Spinnen, behaftet sei, so habe der Prinz den Entschluss gefasst, durch tüchtige Künstler, an deren Spitze ein *Directeur de la nature**) stehe, sich eine Welt in der Stube zu verschaffen. Sein Schloss sei daher auf die angenehmste Weise ausgeziert, seine Zimmer gleichen Lauben, seine Säle Wäldern, seine Cabinette Grotten „so schön und schöner als in der Natur." Ausserdem aber besitze er noch eine Reisenatur, die er auf seinen Zügen überall in Kisten mit herumführe: künstliche Lauben, Felsen, Rasenbänke, Quellen; selbst Mondschein und Vogelgesang fehlen nicht, kurz das ganze Rüstzeug sentimentaler Naturschwärmerei ist in seltener Vollständigkeit beisammen. Die betreffenden Kisten sind inzwischen hereingetragen worden. Der galante Merkulo lässt zum Vergnügen der Damen die ganze decorative Scenerie entfalten und Quellen und Vogelgesang in Activität treten. Als aber Mana in ihrer Freude die „Decoration" allerliebst findet, verbittet er sich eine solche Bezeichnung: „Künstliche Natur nennen wir das; denn das Wort Natur, merken Sie wohl, muss überall dabei sein." Sora aber, die ihrem Entzücken durch den naiven Ausruf: „Charmant! Allerliebst!" Luft macht, muss sich von Merkulo belehren lassen, dass dergleichen Exclamationen viel zu trivial seien. „Da muss ich Sie," sagt er, „ein Kunstwort lehren, mit dem weit zu reichen ist. — Wenn Sie etwas erblicken, es sei, was es wolle, sehen Sie es steif an und rufen: Ach, was das für einen Effekt auf mich macht! Es weiss zwar kein Mensch, was Sie eigentlich sagen wollen; denn Sonne, Mond, Fels und Wasser, Gestalten und Gesichter, Himmel und Erde und ein Stück Glanzleinwand, jedes macht seinen eigenen Effekt; was für einen,

---

*) Scherzhafter Weise ging dieser Titel auf den sehr geschickten Theatermeister der Weimarer Bühne, Joh. Martin Mieding über, wie aus Göthe's schönem Gedicht „Auf Miedings Tod" hervorgeht.

das ist ein bischen schwerer auszudrücken. Halten Sie sich aber nur an's Allgemeine: Ach, was das für einen besondern Effekt auf mich macht! — Jeder, der dabei steht, sieht auch hin und stimmt in den besonderen Effekt mit ein; und dann ist's ausgemacht — dass die Sache einen besonderen Effekt macht." Aus Merkulo's weiterem Berichte geht hervor, dass der Prinz auch für das Theater schwärmt und am liebsten Monodramen oder Melodramen aufführe, eine Liebhaberei, welche, wie wir im ersten Akt bereits beiläufig erfahren, Mandandane mit ihm theilt. Damit ironisirt Göthe nicht nur die damalige Beliebtheit der Monodramen, die mehr lyrisch als dramatisch waren, sondern die in jener Zeit überhaupt grassirende Theatermanie.*)

Mit einem komischen, von Merkulo nach einer elegischen Melodie gesungenen Mondscheinliede schliesst der zweite Akt.

Dritter Akt. Die vier Fräulein führen den ernst und nachdenklich aussehenden Prinzen Oronaro unter einer sanften Musik herein; als aber ihre Bemühungen, seine Aufmerksamkeit auf sich zu lenken, völlig erfolglos bleiben, eilen sie verdriesslich davon, so dass der Prinz und Merkulo allein zurückbleiben. Ersterer bricht sofort in die Worte aus: „Gesegnet seist du, liebe Einsamkeit! Wie erbärmlich habe ich mich seit dem Eintritt in dieses Haus zwingen müssen!" Als Merkulo sich wundert, wie der Prinz sich bei liebenswürdigen Frauen ennuyiren könne, ruft dieser schmerzvoll aus: „Ach, warum muss ich dem weiblichen Geschlechte zur Qual geschaffen sein? Denn nur eine kann mein Herz besitzen, und die übrigen — ach!" Der Cavalier sagt darauf seinem

---

*) Kurz und treffend äussert sich H. Hettner in seiner „Literaturgeschichte des 18. Jahrh." darüber: „Es ist nur ein neuer und anderer Zug derselben überreizten Geniesucht, wenn in den meisten Jünglingen dieser Zeit eine Theatermanie herrscht, wie sie in solcher Ausdehnung wohl niemals vorgekommen. Schwerlich würde in der Bildungsgeschichte eines Deutschen der Gegenwart dem Theater ein so breiter Raum eingeräumt werden, wie ihn Göthe in der Bildungsgeschichte Wilhelm Meisters eingeräumt hat. — Die Bühne, als die gefeite Phantasiewelt, erschien als die rettende Zuflucht gegen die Widerwärtigkeiten und Bedrückungen der Wirklichkeit, als der einzige Ort, wo der ungenügsame Wunsch, alle Scenen des Menschenlebens selbst zu durchleben, Befriedigung finden konnte."

Herrn einige Schmeicheleien über dessen Unwiderstehlichkeit, die bei seinem hohen Stande um so grösser sein müsse; aber der Prinz will nichts davon wissen. „Meinen Stand erwähnst du, Unglücklicher?" sagt er! „was ist mein Stand gegen dieses Herz?" — Indessen kann Merkulo doch die Bemerkung nicht unterdrücken, dass Stand und Reichthum garnicht zu verachtende Dinge seien, und dass nichts über eine wahre Liebe mit einem wohlgespickten Beutel gehe. Da es eben elf Uhr schlägt, verlässt der Cavalier seinen Prinzen, um denselben in der feierlichen Stunde der Mitternacht seinen Empfindungen allein zu überlassen; doch bittet er ihn, sich um Gottes willen nicht etwa zu erschiessen. — Der seiner lieben Einsamkeit nunmehr ganz ungestört hingegebene Prinz wendet sich sofort dem durch eine runde Laterne repräsentirten Monde zu, dem er sogleich ein reichliches Opfer Klopstockischer Phrasen darbringt. Dann gegen die Laube sich wendend begrüsst er seine darin sitzende Geliebte — eine der Mandandane täuschend ähnliche Puppe — in demselben überschwänglichen Tone freier Rhythmen. So fühlt er sich in hohen Himmelsfreuden verschweben, und Seligkeiten umwehen ihn; dazu ertönt fortwährend eine feierliche Musik, — aber vor lauter Empfindungsseligkeit schläft unser Prinz endlich auf einer Rasenbank ein. Die Laube schliesst sich, und auch die Musik verstummt. Da plötzlich erscheint Feria mit ihren Genossinnen; sie bereiten dem empfindsamen Schläfer ein schreckliches Erwachen. Mit Castagnetten und Klapperblechen führen sie vor ihm einen lebhaften Tanz auf, so dass der Prinz entsetzt in die Höhe fährt und Erinnyen oder Mänaden vor sich zu sehen glaubt, die sein „leidend Herz" zu zerreissen Willens seien. Zum Glück verziehen sie sich bald, und nun klagt Oronaro seinem treuen Merkulo, dass auf ganz rohe Weise seine goldenen Morgenträume verscheucht und auf ewig dahin seien. Merkulo freilich entschuldigt die Damen, welche ihn nur zu dem im Garten bereits seiner harrenden Dejeuné hätten wecken wollen. Mit offenbarem Behagen berichtet er, dass sie bereits in seiner Gesellschaft „den Morgenstern mit Bratwürsten in der Hand und einem Glase Cyperwein bewillkommnet hätten." Der Prinz aber zeigt für dergleichen materielle Genüsse durchaus keinen Sinn und spricht den festen Entschluss aus, sofort das Schloss zu verlassen und sich zum Orakel zu begeben. Merkulo soll inzwischen das Heiligthum bewachen und unter keinem Vorwande eine lebende Seele dasselbe betreten lassen.

Vierter Akt. Dieser Akt ist lediglich Episode und fördert die Handlung selbst in keiner Weise. Seinen Inhalt bildet das mit einem komischen, versificirten Prologe versehene Monodrama Proserpina, welches von der schwärmerischen Mandandane agirt wird. Dieses erst nachträglich in den Triumph der Empfindsamkeit eingefügte, bereits 1776 in rhythmischer Prosa verfasste*) Stück (die Verstheilung ist erst später erfolgt) gehört zu den Perlen Göthe'scher Dichtung im erhabenen Stile und zeichnet sich namentlich durch „effektvolle Uebergänge vom Tragischen zum Elegischen"**) aus. Es ist daher in der That, wie Göthe selbst in seinen Annalen eingesteht, „freventlich" eingeschaltet und dadurch „seine Wirkung vernichtet worden." Wenn Gödicke***) dies leugnet und die Meinung ausspricht, die Proserpina sei keineswegs frevelmüthig, sondern mit dem richtigen Blicke eingeschaltet worden, dass ohne ein solches Gegengewicht die Spässe des Stücks allzu leicht erscheinen und Ueberdruss erwecken könnten, so ist diese Vertheidigung einer dichterischen Verirrung, die der Dichter selbst als solche anerkannt hat, völlig verunglückt zu nennen. Kann denn jemals den Mängeln einer Komödie durch Einschiebung einer völlig tragischen Episode abgeholfen werden? Nur in travestirter Form

---

*) Gedruckt wurde es indessen erst im Jahre 1778 im Deutschen Merkur (1,97). Wenn Schäfer (Göthe's Leben I. 413) den Abdruck in der Berliner Literatur- und Theater-Zeitung vom Jahre 1778, I., 1 als den ersten anführt, so scheint das ein Irrthum zu sein. Das Stück ist wohl erst durch Nachdruck aus dem Deutschen Merkur, den Göthe mehrfach mit Beiträgen versah, in das Berliner Blatt übergegangen. — Der Zusatz in dem ersten Abdrucke „aufgeführt auf einem Privattheater in Weimar im Februar 1778" beweist auf das deutlichste, dass es in der ursprünglichen Gestalt unserer Komödie, die bereits im Januar 1778 aufgeführt wurde, sich noch nicht vorfand. Demnach irrt Viehoff, wenn er (a. a. O. S. 316.) sagt, Göthe habe „die erst vor einem Jahr gedichtete Proserpina" freventlich eingeschaltet, so dass sie also, da sie nachweislich 1776 gedichtet worden, bereits 1777 in die erste Conception des Stücks eingefügt worden wäre.

**) J. W. Schäfer in „Göthe's Leben" I. 266.

***) Grundriss zur Geschichte der deutschen Dichtung II., 759. Aehnlich urtheilt Rosenkranz, Göthe und seine Werke S. 180.

ist ein tragischer Stoff für das Komische verwendbar, wie z. B. Shakespeare im Sommernachtstraum die antike Fabel von Pyramus und Thisbe zu einer köstlichen Carrikatur des Tragischen benutzt. Aber eine Dichtung, die an Stilhöhe fast dem Prometheus und dem Ganymed gleichkommt, mit einem derb satirischen Prologe zu versehen und einer empfindsamen Mondscheindame in den Mund zu legen, ist und bleibt ein poetischer Fehler, durch welchen, abgesehen von der ganz unstatthaften Unterbrechung der Handlung, nicht nur die tragische Wirkung der Proserpina völlig vernichtet, sondern auch der komische Eindruck der Posse auf unerquickliche Weise beeinträchtigt wird.

Die Frage ist nur, wie Göthe zu dieser merkwürdigen Verirrung gekommen ist, und da können wir uns nicht verhehlen, dass ihn jedenfalls überwiegend äussere Gründe zur Einschaltung dieses Stückes veranlasst haben mögen. Wir wissen, dass die Proserpina zu den Glanzrollen der höchst begabten, von Göthe enthusiastisch verehrten Schauspielerin Corona Schröter, der Darstellerin der Mandandane, gehörte. Da nun Göthe den Triumph der Empfindsamkeit speciell für die Weimarische Hofbühne bestimmt hatte, so konnte ihn der Beifall, den die Schröter als Proserpina geerntet, wohl dazu verleiten, dieses beliebte Monodrama als Einlage für jenes grössere Phantasiestück auf's neue zu verwerthen. Auch die effektvolle Decoration des plutonischen Reiches trug gewiss das ihrige dazu bei, die Einschaltung der Proserpina in unser Drama, welches einigermassen den Typus heutiger „Ausstattungsstücke" trägt, dem Dichter als einen glücklichen Griff vorzuspiegeln. Dazu kam, dass die Theatermanie der empfindsamen Mandandane in Verbindung mit dem entschieden sentimentalen Grundzuge des Monodramas eine oberflächliche Verknüpfung des letzteren mit der Haupthandlung leicht herstellen liess; ja diese unorganische Zusammenschweissung des Tragischen mit dem Komischen, diese „frevelhafte" Ironisirung der eigenen hochsentimentalen Production mochte dem Dichter damals vielleicht grade recht piquant und originell erscheinen. Wann sie vom Dichter unternommen worden, lässt sich nicht mehr genau ermitteln, doch möchten wir die Vermuthung aussprechen, dass es noch im Lauf des Jahres 1778 geschehen sei. Der Prolog zur Proserpina nämlich, offenbar zum Zwecke der Einschaltung derselben gedichtet, verspottet die Manie für romantische Parkanlagen. Nun aber wissen wir, dass Göthe, welcher auf einer Reise Mitte Mai 1778 den berühmten Wörlitzer Park bei Dessau kennen gelernt hatte, von demselben so entzückt war, dass wir ihn gleich nach seiner Rückkehr auf's eifrigste damit beschäftigt finden, seinen geliebten Weimarischen Park in ähnlicher Weise zu verschönern. Des Dichters Interesse für die schöne Gartenkunst war also grade damals mächtig erregt, und so finden wir denn in dem Stoffe unsers Prologs einen Fingerzeig, dass er um jene Zeit gedichtet, also mit ihm die Proserpina ebenfalls um jene Zeit in das Stück eingeschaltet worden ist. Finden wir doch öfters in Göthe's Dichtungen — ich erinnere nur an den zweiten Theil des Faust — die Spuren irgend eines augenblicklich sein Gemüth beherrschenden Interesses, das er gewissermassen nicht zurückhalten kann, sich selbst da einzudrängen, wo es nicht ganz am Platze ist. Uebrigens deutet auch der derb komische Ton des Prologs darauf hin, dass er jedenfalls nicht viel später, als um die angedeutete Zeit, entstanden sein kann.

Was nun zunächst diesen das Monodrama einleitenden Prolog selbst betrifft, so ist dessen allgemeine Tendenz bereits angedeutet. Der Gedanke, die in müssigen Spielereien und allerlei decorativen Kunststückchen sich gefallende Naturschwärmerei, wie sie sich in den Garten- und Parkanlagen jener Epoche offenbarte, ebenfalls als empfindsame Modethorheit zu satirisiren, ist an und für sich garnicht übel und harmonirt durchaus mit der Idee der ganzen Komödie. Grade auf einem derartigen Gebiete, wo man die Natur ganz nach Willkür und Laune sich gewissermassen schaffen konnte, musste sich eine Verirrung des Geschmacks am greifbarsten präsentiren. So hatte sich bis zur Mitte des 18. Jahrhunderts die Herrschaft der steifen französischen Classicität auch in der Gartenkunst geltend gemacht, und die gradlinigen Wege, die verschnittenen Hecken und Bäume sollten die rücksichtslose Beherrschung der Natur durch die Regel versinnbildlichen. Nun hatte sich zwar auch hier das Rousseau'sche Naturevangelium Bahn gebrochen, hatte auch hier, wie in der Literatur, der englische Geschmack den französischen überwunden, und der englische Park mit seinen freien Wiesenflächen, seinen in voller Naturpracht sich gruppirenden Waldbäumen, seinen leicht überbrückten Gewässern den französisch zugestutzten Kunstgarten verdrängt. Anstatt nun aber an der wahren, nur durch die leise nachhelfende Hand der Kunst verschönten Natur sich genügen zu lassen, gerieth man vielfach auch hier auf den Abweg, das sogenannte Poetische verwirklichen zu wollen und eine gekünstelte Naturscenerie zu schaffen, welche, wie in der Poesie, theils die rohe Natürlichkeit, theils eine romantisch-empfindsame Welt darstellen sollte.

Askalaphus, der als „Hofgärtner der Hölle" den Prolog spricht, deutet die erstere Richtung in den Worten an:

> Ein frischer Wald, eine feine Wiese,
> Das ist uns alles alt und klein;
> Es müssen in unserm Paradiese
> Dorn und Disteln sein.

Dem verkehrten Idealismus gelten die folgenden derben Spottverse:

> Denn, Notabene! in einem Park
> Muss alles Ideal sein,
> Und, Salva venia, jeden Quark
> Wickeln wir in eine schöne Schaal' ein.
> So verstecken wir zum Exempel
> Einen Schweinestall hinter einen Tempel;
> Und wieder ein Stall, versteht mich schon,
> Wird gradeswegs ein Pantheon.

Weiterhin werden die romantischen Spielereien angeführt, die man wohl oder übel im Park anzubringen liebte, und von denen sich verschiedene sogar in den von Göthe übrigens so bewunderten Wörlitzer Anlagen vorfanden und zum Theil noch befinden:

> Wir haben Tiefen und Höhn,
> Eine Musterkarte von allem Gesträuche,
> Krumme Gänge, Wasserfälle und Teiche,
> Pagoden, Höhlen, Wieschen, Felsen und Klüfte,
> Eine Menge Reseda und andres Gedüfte,
> Weimuthsfichten, Babylonische Weiden, Ruinen,
> Einsiedler in Löchern, Schäfer im Grünen,
> Moscheen und Thürme mit Cabinetten,
> Von Moos sehr unbequeme Betten, u. s. w.

Nur beklagt er, dass sich das, worauf jeder Lord besonders stolz sei, nämlich eine hölzerne Brücke, die den Erebus mit dem Elysium verbände, wegen der Flammen des Pyriphlegeton und Acheron nicht anbringen lasse; denn

> Das Costüm leidet weder Erz noch Stein,
> Von Holz muss so eine Brücke sein.

Dass von dieser hölzernen Brücke in fast zu breiter Ausführlichkeit geredet wird, mag seinen Grund in localen und persönlichen Beziehungen haben und scheint darauf hinzudeuten, dass Göthe mit seinem Plan, eine steinerne Brücke über die Ilm bauen zu lassen, auf irgend welchen Widerspruch gestossen war. Eine gewisse Absichtlichkeit, diese kleine Angelegenheit mit „anzubringen", lässt sich in der Stelle nicht verkennen.

Am Schluss des Prologs giebt Askalaphus als Grund seiner Anwesenheit den ihm gewordenen Auftrag an, einen im Treibhause gezogenen Granatbaum „in die Erde zu kleben", damit seine neue Königin Proserpina, die so eben geraubte, ihn für ein natürliches Gewächs halten und an seinen Früchten sich laben möge. Es folgt nun das mehrfach erwähnte Monodrama,*) in welchem Proserpina ihr Loos beklagt und, der alten Sage gemäss, durch den Genuss einiger Körner eines Granatapfels unwiderruflich an die ihr so verhasste Unterwelt gefesselt wird. Am Schlusse, grade als Mandandane-Proserpina ihren Abscheu vor ihrem Gemahl Pluto kundgiebt, erscheint Andrason. Poesie und Wirklichkeit vermischend flieht die Königin vor ihm. Er folgt ihr voller Verwunderung, und damit fällt der Vorhang.

Fünfter Akt. Die neugierige Sora hat durch eine Thürritze den Prinzen belauscht, wie er einer in der Laube sitzenden Dame seine zarten Huldigungen darbringt. Natürlich wird durch die interessante Entdeckung, dass Oronaro eine geheimnissvolle Geliebte mit sich herumführt, die Begierde der Mädchen, genauere Nachforschungen anzustellen, zu kühner Unternehmungslust angefeuert. Durch Tanz und Scherz wissen die listigen Schönen die mit der Bewachung des prinzlichen Heiligthums betrauten Jünglinge an sich zu locken und traktiren sie so reichlich mit Wein, dass sie in süssem Rausche einschlummern. Nun wird das geheimnissvolle Cabinet geöffnet, und unter grossem Jubel kommen die Mädchen dahinter, dass die der Mandandane täuschend ähnliche Dame nichts weiter, als eine Puppe ist. Bei näherer Untersuchung findet sich in ihrer Brust ein scheinbar mit Häckerling gefüllter leinener Sack. In diesem Augenblick tritt Andrason ein. Sofort die sichn ahende Erfüllung des räthsel-

---

*) Ausführlicheres darüber giebt Viehoff a. a. O. II. S. 283—287.

haften Orakelspruches ahnend lässt er den Sack öffnen und ausschütten. Da kommen denn dessen „Eingeweide" an den Tag, die in nichts geringerem bestehen, als in einer Anzahl im Häckerling verborgener sentimentaler Romane. Göthe führt hier fünf Bücher mit dem Titel an, jedoch ohne die Namen der Verfasser hinzuzufügen. Nur drei derselben, nämlich Miller's Siegwart, Rousseau's neue Heloise und Göthe's Werther, können wir literarisch nachweisen, während die andern beiden — „Empfindsamkeiten" und „der gute Jüngling" betitelt — entweder zu den gegenwärtig völlig verschollenen Schriften gehören, oder von Göthe gradezu fingirt sind, um durch recht charakteristische Titel das ganze Genre zu persifliren. Für uns ist es besonders interessant, auch den Werther unter dieser Gesellschaft zu finden,*) wodurch Göthe anerkennt, auch seinerseits den Sentimentalitätsschwindel — allerdings unabsichtlich — gefördert zu haben, und sich für diese Mitschuld einer humoristischen Busse unterzieht.

Als die Mädchen grosse Lust bezeigen, die interessanten Bücher zu lesen, hindert sie Andrason daran und will das Zeug sofort verbrennen. Aber noch zur rechten Zeit besinnt er sich, dass nach dem Orakelspruch die Braut geflickt und mit ihrem Verehrer wieder vereint werden muss. So werden denn die Bücher, als der den Prinzen an seine Geliebte fesselnde Talisman, an ihren vorigen Ort gebracht, die Puppe wieder gehörig verschlossen und in die Laube gesetzt. — Hierauf berichtet der König, wie er seine Gemahlin als Proserpina angetroffen, und wie sie, nachdem sie sich von ihrer theatralischen Wuth ein wenig erholt, den Wunsch geäussert hätte, zum Besuche hierherzukommen. Ohne zu bedenken, dass sie dann mit Oronaro zusammentreffen müsse, sei er sofort mit ihr hergefahren; aber jetzt scheine es, als ob aus ihrer Anwesenheit noch etwas gutes hervorgehen werde. Indem tritt Mandandane auf. Als sie erfährt, dass die ausgestopfte Puppe die Göttin sei, welcher der Prinz sein Herz geweiht hat, will sie es anfangs nicht glauben und hält es für Verleumdung:

---

*) Ob er schon ursprünglich, oder erst später, vielleicht gar erst bei der Herausgabe des Stückes vom Jahre 1787 beigefügt ist, ist nicht mehr zu ermitteln, doch möchte ich aus innern Gründen für die erste Ansicht entscheiden. Dann kann uns die nach meiner Vermuthung etwa 1778 eingeschaltete Proserpina gradezu als eine weitere Ausspinnung der durch Werthers Erwähnung bereits eingeleiteten Selbstironisirung erscheinen.

„Der Mann, dessen Liebe ganz in geistigen Empfindungen schwebt, sollte sich mit so einem schalen Puppenwerk abgeben? Ich weiss, dass er mich liebt; aber es ist meine Gesellschaft, die Unterhaltung, die er für seinen Geist bei mir findet. Ihn mit so einem kindischen Spiel im Verdacht haben, heisst ihn und mich beleidigen!“ Andrason macht darauf seiner Gemahlin den Vorschlag, sich selbst, wenn der Prinz komme, an Stelle der Puppe bewegungslos in die Laube zu setzen; dann werde sie sehen, wer eigentlich die Geliebte des Prinzen sei. Damit gehen alle ab bis auf Andrason und Sora. In dem Schlussgespräch derselben tritt der Dichter ganz aus der Fabel des Stückes heraus und lässt sich die Beiden über das Drama selbst aussprechen. „Fünf Akte,“ klagt Andrason, „sind nun schon zu Ende, aber die Verwicklung noch nicht gelöst.“ Sora giebt den Rath, noch einen sechsten Akt spielen zu lassen, da ja auf dem deutschen Theater alles erlaubt sei. „O ihr Götter!“ ruft Andrason schliesslich aus, „seht, wie ihr eurem Orakel Erfüllung, dem Zuschauer Geduld und diesem Stück eine Entwicklung gebt!“ Erst durch die nachträgliche Einfügung der Proserpina ist diese Erweiterung der Komödie über die übliche Fünfzahl der Akte hinaus nöthig geworden, somit auch jener humoristische Antrag des fünften gleichzeitig mit Einschaltung des vierten Aktes entstanden.

Sechster Akt. Der Prinz, vom Orakel zurückgekehrt, ruht schmerzlich erregt inmitten seiner Waldscenerie auf einer Rasenbank. Von Merkulo nach dem Götterspruche befragt, klagt er zunächst über dessen Zweideutigkeit; vor allen Dingen aber fühlt er sich dadurch gekränkt, dass derselbe nicht den Stempel derjenigen Ehrfurcht an sich trage, den seine Fragen und sein Zustand selbst den Göttern einflössen sollten, — eine gute Anspielung auf die unendliche Wichtigkeit, welche die Sentimentalen ihren Herzensangelegenheiten und ihrer Person beizulegen pflegen. Er selbst mag die ihm zu Theil gewordene Antwort gar nicht in den Mund nehmen, sondern übergiebt dem Merkulo eine Rolle, von welcher dieser folgenden Orakelspruch abliest:

Wird nicht ein kindisches Spiel vom ernsten Spiele vertrieben,
Wird dir nicht lieb und werth, was du besitzend nicht hast,
Giebst entschlossen dafür, was du nicht habend besitzest:
Schwebt in ewigem Traum, Armer, dein Leben dahin.
Was du thöricht geraubt, gieb du dem Eigener wieder;
Eigen werde dir dann, was du so ängstlich erborgst.

Oder fürchte den Zorn der überschwebenden Götter!

Hier und über dem Fluss*) fürchte des Tantalus Loos!

Merkulo erklärt dieses Orakel für absolut unverständlich; der Prinz aber meint, er verstehe es nur zu wohl, „nicht die Worte, aber den Sinn." Dann wendet er sich gegen die Laube, in welcher nunmehr der Verabredung gemäss Mandandane sitzt, und fährt fort: „Dich soll ich aufgeben! Dich soll ich aufopfern! Als wenn ich die Ruhe der Seele und Glück erwerben könnte, wenn ich mich ganz zu Grunde richte!" Zuletzt klagt er seine Herzensnoth sogar in Versen, die sich dadurch, dass Merkulo seine ironischen Bemerkungen dazwischenwirft, zu einem komischen Duett gestalten. Oronaro fasst nun wirklich den männlichen Entschluss, sich von seiner Geliebten zu trennen, und zwar will er diese heroische That in Gegenwart aller Bewohner des Schlosses vollführen. Merkulo soll sie zu diesem Zwecke versammeln. Sein Alleinsein will der Prinz dazu benutzen, zärtlichen Abschied von der Dame seines Herzens zu nehmen; aber o. Wunder! als er auf sie zugeht, fühlt er plötzlich den Zug, der ihn sonst an sie fesselte, sich verringern; der Zauber, mit dem ihre Gegenwart ihn sonst umfangen hat, ist gewichen und erleichterten Herzens dankt Oronaro den Göttern, dass sie ihm das geforderte Opfer so erleichtern. Nun erscheint Andrason, Feria und das ganze Personal des Schlosses. In feierlicher Weise giebt der Prinz dem Könige die vermeintliche Puppe als „die bessere Hälfte" seines Weibes zurück. Andrason verheisst ihm dafür diejenige Mandandane, die er gegenwärtig besitze, lässt die ausgestopfte Doppelgängerin derselben hereintragen und übergiebt sie dem Prinzen. Kaum wird dieser ihrer ansichtig, als er mit einem Ausrufe des Entzückens vor ihr niederfällt. Er hat sein Ideal, die treue Gefährtin seiner Einsamkeit, wiedergefunden und schwärmt in den alten Entzückungen! Andrason aber legt des Prinzen Hand in die seiner geflickten Braut, die er auf ewig mit ihm vereint. Mandandane, welche nun von ihrer Sympathie für den verschrobenen Schwärmer gründlich geheilt ist, erneuert voller Reue über ihre Verirrung den Bund mit ihrem treuen Andrason, während der Prinz seiner geliebten Puppe huldigt. Zum Schluss spricht Andrason seine Freude über die glückliche Erfüllung des seltsamen Orakels aus und hebt

---

*) D. h. jenseits des Flusses Styx, also in der Unterwelt.

„von hundert Lehren, die man aus dieser wunderbaren Geschichte ziehen kann", nur die hervor, „dass ein Narr erst dann recht angeführt ist, wenn er sich einbildet, er folge gutem Rath oder gehorche den Göttern". Wir müssen gestehen, dass uns dieses *fabula docet* zum Schluss etwas matt erscheint und auch nicht einmal, wie man billiger Weise erwarten sollte, den Hauptgedanken des Stückes ausspricht. Das „grosse Ballet zum Schlusse" kann uns natürlich dafür nicht entschädigen; selbst die leichtfüssigsten Tänzerinnen dürften uns den entschieden hinkenden Eindruck der Schlussworte schwerlich hinwegtanzen. —

Nachdem wir im Bisherigen das geistige Terrain, auf welchem unsere Komödie entstanden ist, im allgemeinen skizzirt sowie deren Grundidee und Inhalt dargelegt haben, bleibt uns noch übrig, die äussere Entstehungsgeschichte der interessanten Dichtung zu verfolgen und dieselbe schliesslich einer allgemeinen ästhetischen Würdigung zu unterziehen.

Dass Göthe ohne einen äusseren Anstoss, ohne eine concrete Veranlassung gleichsam aus der Theorie heraus eine Verspottung der Empfindsamkeit sollte gedichtet haben, ist von vorn herein höchst unwahrscheinlich; denn das bekannte Göthe'sche Wort, dass jedes wahre Gedicht ein Gelegenheits-Gedicht im höheren Sinne des Wortes sei, trifft nächst seinen lyrischen bei seinen komischen Produktion am meisten zu. Wir glauben nicht zu irren, wenn wir die Bekanntschaft Göthe's mit dem jungen Plessing in Wernigerode, einem begabten, aber in krankhafter Empfindsamkeit erschlafften Jünglinge, als die specielle Veranlassung zur Abfassung der Komödie betrachten. Für diese Vermuthung scheinen uns innere und äussere Gründe zu sprechen.

Der genannte junge Mann nämlich hatte um die Mitte des Jahres 1777 ein ausführliches Schreiben an Göthe gerichtet, das letzterer als das Wunderbarste bezeichnet, was ihm in der selbstquälerischen Art vor Augen gekommen sei.*) Göthe fühlte mit dem bedauernswerthen Zustande des Jünglings, der sich ihm, dem Dichter von Werthers Leiden, mit seinem überschwänglichen, stets

---

*) Der ausführliche Bericht über diese Angelegenheit findet sich in der „Campagne in Frankreich", Werke IV, S. 484 bis 489. Vergl. auch den Commentar zur Harzreise im Winter, I, S. 176.

unbefriedigten Herzensbedürfnissen vertrauensvoll offenbart hatte, genug innerliche Theilnahme, um ihn auf einer am 29. November 1777 unternommenen winterlichen Harzreise — derselben, der wir die wunderbar poetische Ode „Harzreise im Winter" verdanken — in Wernigerode aufzusuchen. Er fand, wie er selbst berichtet, den jungen Plessing in einem bedauernswürdigen Zustande. „Er hatte nämlich von der Aussenwelt niemals Kenntniss genommen, dagegen sich durch Lektüre mannichfaltig ausgebildet, alle seine Kraft und Neigung aber nach innen gewendet und sich auf diese Weise, da er in der Tiefe seines Lebens kein productives Talent fand, so gut als zu Grunde gerichtet." Göthe wies ihn darauf hin, „dass man sich aus einem schmerzlichen, selbstquälerischen, düsteren Seelenzustande nur durch Naturbeschauung und herzliche Theilnahme an der äusseren Welt retten und befreien werde," und dass „die Richtung geistiger Kräfte auf wirkliche, wahrhafte Erscheinungen nach und nach das grösste Behagen, Klarheit und Belehrung gebe." Im weiteren Verlauf des Gesprächs kam Göthe auf die kurz zuvor von ihm besuchte Baumannshöhle zu reden. Hier aber unterbrach Plessing ihn lebhaft und versicherte, der kurze Weg, den er daran gewendet, gereue ihn gradezu; sie habe keineswegs dem Bilde entsprochen, das er sich in seiner Phantasie davon entworfen habe. „Nach dem Vorhergegangenen," fügt Göthe hinzu, „konnten mich solche krankhaften Symptome nicht verdriessen; denn wie oft hatte ich erfahren müssen, dass der Mensch den Werth einer klaren Wirklichkeit gegen ein trübes Phantom seiner düstern Einbildungskraft von sich ablehnt! Eben so wenig war ich verwundert, als er auf meine Frage, wie er sich denn die Höhle vorgestellt habe, eine Beschreibung machte, wie kaum der kühnste Theatermaler den Vorhof des Plutonischen Reiches darzustellen gewagt hätte." Göthe brach die Unterhaltung ab, als Plessing ihm rundweg die Versicherung gab, „es könne und solle ihm nichts in dieser Welt genügen."

Lassen nun schon die mitgetheilten Charakterzüge des jungen Plessing eine unverkennbare Aehnlichkeit zwischen ihm und Oronaro hervortreten, ja werden wir durch die Vergleichung der Plessingschen Phantasiebilder mit den Darstellungen des Theatermalers gradezu an die Naturdecorationen des prinzlichen Schwärmers erinnert, so wird die Annahme eines inneren Zusammenhanges zwischen jener psychologischen Erfahrung Göthe's mit unserem Drama fast zur Gewissheit, wenn wir die Entstehungszeit des letzteren mit in Anschlag bringen.

Wir sind so glücklich, hierüber die genauesten Angaben zu besitzen. Aus einem Briefe Göthe's an Frau von Stein (vom 12. September 1777) geht hervor, dass er Anfang September 1777, als er sich mit dem Herzoge Karl August in Eisenach aufhielt, durch eine dicke Backe an's Zimmer gefesselt, die erste Skizze zu unserer Dichtung entwarf; denn er schreibt, er habe an jenem Tage „eine Tollheit, eine komische Oper, die Empfindsamen, so toll und grob als möglich" erfunden. Diese Oper aber ist identisch mit dem Triumph der Empfindsamkeit, welcher in der uns vorliegenden Gestalt, in der er 1787 durch den Druck veröffentlicht wurde,*) noch einige Spuren der ursprünglichen Form eines Singspiels aufweist. Die erste Conception des Stückes also stammt aus einer Zeit, wo Göthe von Plessing, der sich nachweislich mit jenem ersten Briefe aus der Mitte des Jahres 1777 nicht begnügte, noch mit weiteren sentimentalen Herzensergüssen heimgesucht wurde. Ferner wissen wir, dass unser Dichter, nachdem er am 16. December von seiner Harzreise wieder in Weimar eingetroffen, also jedenfalls noch voll von den durch Plessing empfangenen Eindrücken war, sich mit vollem Eifer der Vollendung des Stückes widmete, welches bereits am 30. Januar 1778, dem Geburtstage der Herzogin Luise, unter dem Titel „die Empfindsamen oder die geflickte Braut" auf dem herzoglichen Privattheater zur Aufführung gelangte.**) Fällt also der erste Entwurf der Komödie in die Zeit der Briefe Plessings, die Vollendung derselben unmittelbar nach der persönlichen Begegnung mit jenem, trägt ferner der Hauptheld des Drama's deutliche Spuren der Aehnlichkeit mit dem Seelenzustande jenes empfindsamen Jünglings, geht endlich aus der gleichzeitigen „Harzreise im Winter" hervor,***) dass derselbe dem Dichter ein nicht gewöhnliches Interesse eingeflösst hatte: so liegt in der That die Vermuthung nahe, dass die Plessing'sche Affaire nicht nur, wie unter andern Viehoff meint,†) neben andern ähnlichen Erscheinungen einen allgemeinen Einfluss auf die Entstehung des

---

*) Diese erste Veröffentlichung des Stückes erfolgte im 4. Bande der bei Göschen in Leipzig 1787—1790 erschienenen Gesammtausgabe seiner Schriften.

**) Göthe selbst spielte den König Andrason.

***) Bekanntlich beziehen sich mehrere Stellen dieser Ode direct auf Plessing.

†) A. a. O. II. 815.

Stückes ausgeübt, sondern recht eigentlich die Veranlassung dazu gegeben
hat, und dass demnach kein Anderer, als Plessing, dem Dichter als Original
des Prinzen Oronaro vorgeschwebt hat.

Den ersten Entwurf unseres Stückes, den Göthe, wie oben erwähnt, eine
Oper „so toll und grob als möglich" nennt, besitzen wir nicht mehr. Auf
die uns vorliegende, 1787 veröffentlichte Gestalt desselben dürften diese Bezeich-
nungen schwerlich passen; denn einige wenige an die Göthe'sche Kraftgenialität
der siebziger Jahre erinnernde Stellen abgerechnet ist die Sprache durchweg,
wie Viehoff richtig bemerkt, „feingeistreich, gewandt und vornehm," also nichts
weniger als grob. In der That bezeugt auch Göthe's langjähriger Freund F. W.
Riemer,*) dass jene erste Gestalt des Stücks von der jetzigen mehrfach abwich.
„Einmal war es kürzer, einfacher, man könnte sagen ländlicher, idyllischer; dagegen
wieder sarkastischer durch eine humoristische Schilderung des bis auf den letz-
ten Diener geldsüchtigen Personals am Tempel des Orakels." Was die äussere
Form betrifft, so haben wir uns unter jener „Oper" jedenfalls ein Singspiel
in der Art der Lila vorzustellen, die grade ein Jahr vor dem Triumph der
Empfindsamkeit, ebenfalls am Geburtstage der Herzogin, aufgeführt worden war.
Mag übrigens immerhin die ursprüngliche Gestalt unserer Komödie mehrfach
derber und sarkastischer gewesen sein, als die, in welcher sie der Dichter ein
Decenninm später zu veröffentlichen beliebte: allzu „toll und grob" haben wir
uns auch jene keinesfalls vorzustellen, wenn wir daran denken, dass sie als
Festvorstellung für eine Fürstin gedichtet war, deren edle, feinfühlende Weib-
lichkeit jedenfalls durch eine grobkomische Posse verletzt worden wäre. Sollte
also jene Bezeichnung, mit der Göthe sie am Tage der ersten Conception cha-
rakterisirte, nicht etwa übertrieben gewesen sein, so müssen wir annehmen, dass
wohl schon für die erste Aufführung manche Derbheit der ersten Production
eine Milderung erfahren haben mag. Ueberdem erfordert die Hofsphäre, innerhalb deren das Stück spielt, an und für sich einen decenteren Ton, als Göthe
in seinen früheren Possen angeschlagen hatte. — Sonst wissen wir von jener
ältesten Gestalt unseres Stückes nur noch, dass 8 Ballets darin vorkamen
(während in der jetzigen sich deren nur 5 nachweisen lassen), und dass die

---

*) Mittheilungen über Göthe II, 626.

Musik dazu von dem Weimarischen Kammerherrn v. Seckendorff, einem
musikalisch und poetisch begabten Manne, componirt war.

Bei der Beurteilung der uns vorliegenden Komödie müssen wir zwischen
der derselben zu Grunde liegende Idee und deren Ausführung einen Unter-
schied machen; denn während wir dieser letzteren kein unbedingtes Lob zuer-
kennen können, erscheint uns jene durchaus glücklich concipirt und des genialen Dichters würdig.

Schon die Erfindung der Fabel des Stücks zeugt von einer nicht gewöhn-
lichen Begabung für das Komische, und wenn sie auch nicht gerade an die Ge-
nialität eines Aristophanes heranreicht, so ist doch das phantastisch-possenhafte
Element darin zu kräftiger Wirkung gebracht. Wir finden sogar in einzelnen
Zügen eine durchaus volksthümlich-naive Komik; so in dem Aufwecken des
Prinzen durch den lärmenden Tanz, ferner in der ausgestopften Puppe, die ihm
die Stelle einer Geliebten vertritt, vor allen Dingen aber in den aus ihrem Leibe
herausgeholten Büchern, wodurch wir gradezu an Hans Sachsens „Narrenschnei-
den" erinnert werden. Auch hat der Dichter durch die mit glücklicher Laune
von ihm erfundene Fabel seinen Zweck, die Sentimentalität in ihren Hauptäusse-
rungen zu verspotten, vollkommen erreicht.

Allerdings würde die Wirkung eine noch drastischere sein, wenn Göthe die
Handlung in eine knappere Form gefasst und namentlich nicht den rein episo-
dischen vierten Akt eingeschoben hätte. Aber selbst zu fünf Akten ist die
Handlung nicht reich genug; vielmehr würden deren drei für dieselbe vollstän-
dig genügt haben. Abgesehn indessen von diesem Hauptfehler in der Anlage
des Stückes sind die graziöse Leichtigkeit der Sprache, die im ungezwungen-
sten Conversationston der gebildeten Gesellschaft sich bewegende Gewandtheit
des Dialogs sowie die durch die ganze Komödie sich hindurchziehende geist-
reich heitere Ironie als entschiedene Vorzüge hervorzuheben.

Keinesfalls verdient demnach unser Lustspiel die Bezeichnung einer „lang-
weiligen Farce," die ihm der Engländer Lewes in seinem mit geistreicher Ober-
flächlichkeit geschriebenen Werke „Göthe's Leben und Schriften" ohne weiteres
beilegt.*) Wenn auch H. Hettner das Stück für „entschieden langweilig"

---

*) Vgl. die Uebersetzung von Dr. Julius Frese, 6. Aufl., Berlin 1861, I. Band
S. 479. Schwerlich hat Lewes das Stück auch nur aufmerksam durchgelesen; denn

erklärt, sobald man es von den nächsten Anspielungen und Tagesbeziehungen los-
löse*), so weiss ich nicht, ob man bei Beurteilung einer derartigen Satire überhaupt
eine solche Loslösung von den nächsten Zeitbeziehungen vornehmen darf. Aber
selbst wenn wir von den letzteren abstrahiren, bleibt immer noch ein Rest übrig,
der uns wenigstens niemals langweilig erschienen ist. Vielmehr schliessen wir
uns hier durchaus dem Urteile von Ebeling an**), welcher den Triumph der
Empfindsamkeit „eine geniale, aber freilich sehr gemässigte Verspottung der
sentimentalen Zeitstimmung" nennt. Aehnlich äussert sich schon A. W. Schlegel in seinen Vorlesungen über dramatische Kunst und Literatur***): „Der
Triumph der Empfindsamkeit, eine höchst geniale Verspottung der eigenen
Nachahmer Göthe's neigt sich zur komischen Willkür und phantastischen Sym-
bolik des Aristophans; aber es ist ein züchtiger Aristophanes in feiner Gesellschaft und am Hofe." Freilich würde man zu weit gehen, wenn man etwa in
der harmlos heiteren Dichtung eine der bedeutendsten Kunstschöpfungen des
Göthe'schen Genius erblicken wollte. Ihre Mängel haben wir nachgewiesen und
Göthe selbst hat sie jedenfalls mit im Sinne, wenn er am 19. Februar 1781
über diese sogenannten Hofdichtungen, diese „flüchtigen Kinder des Augenblicks",
wie Hettner sie nennt, an Lavater schreibt, „wie dieser die Feste der Gottselig-
keit ausschmücke, so schmücke er die Aufzüge der Thorheit." — Dass die Neu-
Romantiker dieses Stück überschätzten und namentlich Tieck es gradezu als
Vorbild für seine wunderliche Komödie „Prinz Zerbino oder die Reise nach
dem guten Geschmack" benutzt hat, ja dass das Ironisiren des Theaters durch

---

sonst hätte es ihm nicht begegnen können, dass er bei Vergleichung der älteren
mit der jetzigen Gestalt das Oeffnen der mit Büchern ausgestopften Puppe jener
älteren zuweist! — Ferner führt er als Veranlassung zur Entstehung des Stückes
neben der Plessingschen Affaire den Selbstmord des Fräulein von Lassberg an, deren Leichnam am 17. Januar 1778 in der Ilm gefunden wurde. Die Jahreszahl
giebt Lewes richtig an. Welche Gedankenlosigkeit also, ein 1777 geschriebenes
Stück dadurch veranlasst werden zu lassen!

*) A. a. O. I, S. 227.
**) A. a. O. III, 737.
***) II, 415. (Dritte Ausgabe besorgt von E. Böcking, Leipzig 1846.)

das Theater, wie wir es am Schluss des fünften Aktes finden, ein Hauptzug der romantischen Dramatik wurde*), mag hier wenigstens angedeutet werden.

Fast ein Jahrhundert ist verflossen, seitdem Deutschlands grösster Dichter mit der Waffe des Spottes eine krankhafte Gemüthsrichtung bekämpfen musste, welche mit der politischen Thatlosigkeit, zu der das deutsche Volk damals und noch auf lange Zeit hin verurteilt war, in innigstem Zusammenhange stand. Es ist der Verwesungsprozess des deutschen Reiches, auf dessen faulem Boden die Giftpflanze jener ganz unmännlichen Sentimentalität so üppig wuchern konnte. In der That liegt eine gewisse Wahrheit in den harten Worten, mit denen Wolfgang Menzel**) jene Wertherperiode charakterisirt: „Das Jünglingsideal der deutschen Dichtung, einst der tapfere, treue, anspruchslose, arbeit- und thatenreiche Siegfried, wurde jetzt der schmachtende, faule, feige und doch anspruchsvolle und in Egoismus erstickende Werther. Indem sich die gebildete Welt für diesen erbärmlichen Gesellen interessirte, verrieth sich ihre ganze sittliche Fäulniss und Charakterschwäche."

Jene Zustände sind, Gott sei Dank, überwunden. Zu neuer Gesundheit und Kraft ist das deutsche Volk auferstanden, und in mächtigem Aufschwunge hat seine alte, unverwüstliche Siegfriedsnatur den Sieg davongetragen nicht nur über den gewaltigen fränkischen Lindwurm, sondern auch über die unheimlichen Nebelgeister jener thatenlos hindämmernden Gefühlsschwärmerei, die uns einst zum Spotte der Welt machte. Jene Tiefe des Gemüthes aber, die unser Volk einst durch so gefährliche Abgründe geführt hat, möge ihm nie verloren gehen und mit männlicher Thatkraft vereint das schönste Erbtheil der deutschen Nation sein und bleiben für und für!

---

*) Rosenkranz a. a. O. S. 180.

**) Deutsche Dichtung von der ältesten bis auf die neueste Zeit, Stuttgart 1859, B. III, S. 106.